L'OPIGNOUN

daou

CITOYEN JEAN BRENARD

dit

BRENICHOT

DE

BEYCHEBELLE

SUR

BISQUEMAOU ET GUILLAOUMET

LOU NOUBET

EMPERUR

de

toutes leys

ALLEMAGNES

—

POÉSIE BURLESQUE

DE

JULES GENESTE

Prix : 25 Cent.

Propriété de l'Auteur.

L'OPIGNOUN

daou citoyén Jean Brenard, dit Brenichot
de Beychebelle

SUR BISQUEMAOU ET GUILLAOUMET

LOU NOUBET EMPERUR DE TOUTES LEYS ALLEMAGNES

POÉSIE BURLESQUE

DE

JULES GENESTE

Hélas! mon praube enfant est parti pre la guerre
Et je reste tout sul avec sa bieille mère!..
Nous ne le reberrons put-être jamais plus!..
Si du moins ces regrets étaient tous suspreflus,
Qu'il m'arribe un veau jour!.. enfin, que je le boie,
Quel serait mon vonhur!.. j'en pleurerais de joie!.
Bite, je lui dirais : ta mère but te boir,
Console-la mon fils, y n'abait plus d'espoir;
Et moi, tout rayonnant dedans ma mesonnette,
Je ne saurais, vien sûr, où donner de la tête;
Je chanverterais tout pour mon praube Genti,
Car c'est moi qui suis cause, hélas! qu'il a parti!!!
Oh! si bous abiez bu cette velle preustance!..
C'est, de la tête aux pieds, toute ma réssemvlance,
Epcété cependant ses œils qu'ils bont en l'air,
Et même que je crois qu'il n'y boit pas trop clair;

Mais ça ne fait de rien, c'est une vagatelle;
Il restait abec nous au port de Veychevelle,
Et quand je l'abais là, ma negoce allait vien,
Mais danpuis son depart, je ne fais presque rien....
Moi, je suis negociant dedans l'espicerie,
Mon père l'a-t-été tout du long de sa bie
Et naturavlement, je suis son sutcessur;
Mon Genti me seurbait de commis boyajur.
Mon nom, c'est Jean Vrenard, comme dans ma
                                        [famille,
Mais gna tant de ce nom, qu'au pays ça fremille,
Alors, pre faire miux, j'ai-z-arrangé le mot,
On m'appelle, à present, cetoyen Vrenichot;
Ma femme Vrenichotte et mon fils on le nomme
Tout court : Mossiu Genti, mais c'est un vien vel
                                        [homme;
Ça n'est que pre de dire... enfin, tout au susplus,
Put aboir ma grandur, un pu moins, un pu plus;
Et vien, ce cher enfant, se traube dans l'armée!..
Bous comprenez très-vien que sa mère est bexée...
Si leys tenébi tous queys menturs, queys brigands,
Lur ferébi vlaga lurs infrenals cancans :
Boter oui, c'est la paix, qu'ils benaient tous me dire,
Et j'ai fait comme dit, j'ai boté pre l'Empire!!!
Un doute cependant trabeursait mon esprit,
En donnant mon villet et quand on me le prit...

Je tremvlais d'aboir fait une grande vêtise!..
La France, tout d'un coup, m'apparut compromise!
Dans mon cur je sentis comme un prufond remord,
Il me semvlait déjà que j'imboquais sa mort!..
Mon villet aussitôt, je boulus le reprendre,
Mais y n'était plus temps, le Maire, d'un air tendre,
Il me dit comme çà : bite, en allez bous-en,
Au je bous fais pincer, gros vêta, paysan...
Je boulus lui répondre en parlant de la sorte,
Mais le garde aussitôt, bint me mettre à la porte!..
Boilà donc çan que c'est que de n'être qu'un sot,
Il faulut ovéir et ne pas dire un mot...
Que boulez-bous aussi, saboir dans bos campagnes,
Au bous ne boyez rien, que plaines, que montagnes;
Et là, qu'est-c'qu'on apprend?.. pas grand chose
                                    [vien sûr;
Mais che bous, dira-t-on, yat un institutur;
Ah! pardi si gna-t-un, quelle grosse vêtise!..
Même qu'il a-t-été le seurpent de l'Eglise...
A ma troisième noce il tenait l'aspreçoir,
Et qu'il n'en a mangé du cochon, oui, le soir!
Mais tant qu'à ça qu'il soit un von maître d'école,
Il ne sait tant sul'ment pas dire une parole!..
Qu'il aille donc garder les baches dans le pré...
Querquefois, à l'azard, le Maire, le Curé,
Le sacristain aussi, puis le garde champêtre,
Il biendra-t-à son tour pre bous parler en maître;

Querquefois ça sira pre bous taucher la main,
Puis, sans en aboir l'air, tous, dès le lendemain,
Biennent bous besiter, descendent dans bos cabes ;
Si bous abez du bin, c'est là qu'ils seront brabes...
Alors, il lur faudra du lard au du ragoût,
Ça lur est vien égal, ils bous abalent tout !
Du moment que c'est bous qui fournissez pitance,
Ils font, je bous assure, une crâne vomvance,
Et quand ils n'en ont pris de quoi z-à n'en creber,
Sous la tavle, soubent, bous faut les releber ;
Mais, si bous n'abez rien, bous n'aurez pas besite ;
Par etsemple, danpuis que Mossiu Plebisite,
De lui fesait parler, soit à tort ou reson,
Ces Messius, vien soubent, benaient dans ma meson ;
Ils mangeaient, ils bubaient, ils parlaient de nos
[bentes,
Que nous serions hurux, que nous aurions des
[rentes ;
Que si l'on botait oui, tout irait... rengorgeant,
Et que nous gagnérions une masse d'argent...
Je croyais tout cela, comme un grand invécile,
Pre comprendre, il m'était cependant très facile :
Ils benaient tous les jours me dire tout pareil !..
Ça debait, non d'un chien, me tenir en ébeil...
Non, je ne serai plus vadiné de la sorte,
J'aimeriais miux cent fois que le diavle il m'emporte !

Est-c'que ça sira-t-us qu'ils me rendront mon fils?...
Je le sais vien, pardi, qu'il defend son pays,
Que c'est un grand honnur que d'aboir du courage,
Aussi, moi qui n'en ait, je suis rempli de rage
De boir que mon pays-z-il se traube en danger
Et que je ne pux pas m'en aller le banger !
Pretant, pre ces Prussiens, je ne me sens que
[haine!!!
J'en boudrais à moi sul, tuer une centaine...
Car je suis von Français !.. dans mes beines, le sang,
Il ba-z-il bient-z-il vouil comme du bib argent!
Oui! j'aime mon pays tout comme la junesse,
Et si l'on me boulait.... dans une forteresse,
Est-c'qu'on ne pourrait pas ?...là, je n'auriais pas pur,
De me boir-z-en dedans, çà sirait un vonhur;
Ils pourraient benir tous, m'en sercher, des querelles,
Je lur-z-en ferais boir de rudement cruelles,
Car je ne pretands pas que ces gus de Prussiens,
Biennent nous insulter, nous prendre pre des chiens !
Je lur-z-y ferais boir çan qu'on doit-z-à la France,
D'un sul mot, je boudrais lur-z-imposer silence!...
Prebu que cependant, caché darrière un mur,
Ils ne me boiyent pas pre me tirer dessur...
Oh! preu moi ça serait une maubaise auvaine;
La chose cependant, il n'en baudrait la peine :
Que je soiye caché, n'importe où, dans un coin,
Je les teurasse tous, n'en ayez aucun soin;

Du courage, pardi, je n'ai pre plus de trente!..
Bous poubez même en mettre encore au moins...
                                        [cinquante!
Un Prussien, qu'est-c' que c'est?.. quatre au cinq,
                                        [cinq au six,
Ma foi, ça ba, ça bient, mais pre moi, n'en faut dix;
Quand je suis debant-z-us... je recule darrière,
Tout naturavlement, celà, c'est mon affaire,
Car bous comprenez vien que si j'étiais moins fort,
En abançant, vien sûr, je suis dedans mon tort,
Mais malhurusèment, si je bous les empogne,
Je les nettiye tous sans la moindre bargogne!
Ensuite bous pourrez besiter le teurrain,
Il sirat aussi net que le crux de ma main;
Et pretant, je suis von comme une torterelle!
Mais ne podi sénti qu'elle sacre sequelle,
Bisquemeau, may soun Rey, n'én ferébi qu'un tas,
Une locomotibe il m'arrêterait pas!...
Mais leussons tous ces gus et parlons d'autre chose;
Ça bous est vien égal au moins que je suspose;
Boilà donc çan que c'est : yat leys frays Cadichoun,
Que jamais nan saougut lou quès lou may capoun,
Disent, que balait may, pu léou que fa la guerre,
Garda nousteys gouyats pre trabailla la terre;
Que leys géns de la bille aussi bién que nous aous,
Aymabent bién millou, resta déns lurs aoustaous..

Ah! pardi, l'un lou sat, mais pre deys patriotes...
M'est abis que boudrièn n'agé que deys espotes
Et qu'ils serchent, vien sûr, un noubeau sangement,
Pre pouboir chanverter notre gaubernement!...
Ils boudraient, ces Messius, qu'on les laisse
[tranquilles;
En campagne aussi vien que dans toutes les billes...
Et vien, moi, je bous dis qu'il faulait des comvats,
Que l'on ne poubait plus reculer d'un seul pas.
Cette guerre est, vien sûr, tout-à-fait insensée,
Presonne il n'en boulait, c'est au moins ma pensée;
Mais enfin poubait-on, par la Prusse, toujours,
Nous saboir ménacés et cela tous les jours?...
Quand Guilloumet, ce gux, Visquemal l'etcécravle,
Boulaient nous infliger lur joug insusportavle?
Ah! danpuis Sadobat, ces traîtres dehontés,
Trop soubent, boyez-bous, ils nous ont insurtés!...
Et bous auriez boulu que notre velle France,
Il se laisse verner, tomver en décadence!..
Boir benir ces gredins, comme des ahuris,
Pre nous dicter des lois, prendre notre Paris!...
Ne s'emparent-ils pas assez de nos recortes,
Infestant le pays de lurs biles cohortes!
Et bous boudriez ainsi, rester à lur rançon,
Et bous pourriez vien bibre et de cette façon?...
Alors bous n'abez plus qu'à lur donner bos femmes
Et tout il sira dit!... que bous êtes infàmes!...

Mais ça n'est pas possivle au vien, bous êtes fous,
Si bous pensez ainsi, bous n'êtes plus à bous!
Quoi! bous feriez cela quand-7-au champ de vataille
Bous sabez que bos fils bolent à la mitraille!...
Qu'ils bont à l'ennemi comme de biux guerriers
Et qu'ils nous rebiendront tout couberts de laurier!
Quand la France ébeilléé il marche à la bictoire!...
Quand dans tout l'unibers on chantera sa gloire!...
On dirait, non d'un chien, qu'ils seraient tout
hontux,
De boir notre pays puissant et gloriux...
Ça n'est pas l'emvarras, ce Guilloumet, en somme,
Ainsi que Visquemal, c'est un étcellent homme!
Croyez-bous qu'il soit cause ainsi de bos rebers?...
Mais on sait vien que non pretout dans l'unibers;
Sabez-bous çan qu'il but!.. c'est la paix toute entière!
Ça n'est que pre cela qu'il bous fait cette guerre...
Oh! nous le sabons vien, que tout botre souci,
C'est notre sul vonhur que bous serchez, aussi
Nous n'en abons la prube, une prube ceurtaine,
On n'a qu'à regarder l'Arsace et la Loraine!...
Bos vienfaits sont pretout on bous êtes passés,
Mais ça sont des ingrats, ces diavles de Français!
Que ne doibent-ils pas à botre humvle présence!..
Ils n'en auront, plus tard, de la reconnaissance...
Bous faites un deboir faut aller jusqu'au vont,
Quand on est honnête homme, on se fiche de tout;

C'est Diu, qui but, pre bous, regenerer le monde,
Choisissant Guilloumet, dans sa vonté prufonde,
Pre nous instruire à tous, pretout dans le pays !
Si je n'étiais que bous, j'entrerais à Paris !..
L'on bous attend là-vas pre manger la choucroute
Et pre bous reposer d'aboir fait tant de route.
Guilloumet, Visquemal, ils seraient au dessert,
Et danseraient après au pendant le concert ;
Ensuite, on donnerait cinq cigar-z-à-chaque
[homme,
Du café, du champagne, une assez velle somme,
Et selon lur desir, on les fera balser,
Tout il est deusposer pre les faire danser ;
Mais je bous abretis, la musique est sangée,
L'orchestre, elle est noubelle et vien miux arrangée ;
Autrefois, il faulait, pre faire un cotillon,
Se trauber, soi disant, proche du biolon ;
A Paris, c'est plus ça : n'importe la distance,
On bous fera danser toute espèce de danse,
L'orchestre s'entendra de loin comme de près,
Troucqut, qui n'est le chef, il l'a fait tout esprès.
Davord, bous entendrez ceurtaines bariantes,
Des Mazourkes, Porkas, des barses rabissantes ;
Puis il biendra-t-ensuite un quadrille noubeau,
Qu'on appelle, je crois, la danse au chassepo ;
Bous entendrez aussi, les barses métrailluses,
Que c'est des noubeautés quelles sont marbeilluses

Elles bous ont des airs à bous faire pâmer...
On ne bous force pas pre ça de les aimer ;
C'est pre bous cependant, qu'on les a-t-inbentées,
Il faut donc que pre bous ils soiyent étrennées ;
Boilà prequoi Trouchut, a fait ce sangement,
Il tient à bous donner un pu plus d'agrément.
L'orchestre, boyez-bous, elle était incomplète ;
Çan qu'il manquait le plus, c'était la clairinette,
Mais il n'a fait benir pre que tout soit d'accord,
Et si gna pas-t-assez, et vien, gn'en a-t-encor
De toutes les façons pretout on en favrique,
Bous êtes donc ceurtains d'entendre la musique
Et de n'en conserber un fort long soubenir !..
Vien, Mossiu Guilloumet; mais pre bous en benir
Si bous ne poubez pas entrer dans la grand'bille?...
Ça sira-t-une chose un pu plus deuffecile....
Enfin, ça bous regarde et je n'en dis rien plus,
Mais je crois qu'un veau jour bous y serez pendus...
C'est çan que je demande et que le ciel m'accorde,
La grâce de pouboir tirer dessur la corde ;
Quand déouri per aco m'éngagea dés deman,
Et que faudrait n'én perdre au lou naz au la man,
Serébi bién pagat de bayre la grimace,
Que ferait, corde aou cot, ta pudénte carcasse,
Et de boir accrochés, tous dus au même clou,
Ton Fritz et Visquemal, même crabate au cou...

Ah! benetz nous seurca deys querelles d'Al'magne!
Ma foey, à queste cop, nous séns mis en campagne;
Anén bous secudi de bién belles façouns,
N'abetz deyjà reçut quaouques bounnes leyçouns!..
Nousteys petits moublots et gardes natiounales,
Que n'èrent, seloun bous, bouns qu'à fa deys regales,
Et deys petits crebats, sous leys murs de Paris,
Bénnent de bous fa bayre, espèce d'éspaouris,
Que sabent bien jouga, quand faou de la musique,
Pre millou diberti boste mechante clique;
Boste jot és brouillat, abéns tous leys atouts,
Cos fenit prebous aous, l'un bous em...miele tous...
May boste Guillaoumet, que can rougnous de crace,
May boste Bisquemaou, que Gaubrenur d'Arsace!
Que bénnent nous mountra lurs frimouses à cans,
Queys sebelisaturs, queys ogres, queys groumands!..
Anén, benetz aci, fichus testes carrades,
Bous dounneran la man à fa deys prumenades;
Gna pas may che bous aous, mendiants, à brouta,
Coumme deys sales porcs, benetz aci glouta
Et n'abetz pas de hounte à bayre à bosteys dames,
Leys raoubes qu'en boulats à nosteys praoubes
                                            [femmes!...
Et si falait tout dire, én serébi malaou,
D'y pénsa sulemént, l'estoumac me fay maou!...
Ban bous extremina, bremines, grosses vuses,
Car l'on ne but plus boir, ni bos mines mentuses,

Ni bos regards dans l'omvre et botre air en dessous,
Que l'on dirait braiment, autant de loup-garous!...
Tant qu'à botre biu Roi qu'il se monte la tête,
Au liu de le creber comme une bieille vête,
Un animal pareil il faut le conseurber,
Pre qu'au vésoin l'on puisse au moins le retrauber;
Célui là, pre dux sous, en le montrant en foire,
Nous aurions, j'en suis sûr, la plus velle auditoire!
Allons, decidément, je bois qu'il faut partir...
Ils n'en auront dequoi-z-à se n'en repentir!...
Boli qu'à meys genouils bénnent demanda grâce,
Mais jou, dur comme un roc, escraseray lur race!
Je bus abec mon fils, bous massacrer à tous,
Race infrenales à cans, maserarles galoux!...
Après tout cependant,... c'est-il vien neceussaire,
Que j'avandonne ainsi sa praube bieille mère?..
Ça demande, veaucoup, veaucoup de réfletcion....
Je crois que ça sirait une maubaise atcion...
Allons, j'ai reflechi... fesons ce sacrifice!...
Mais c'est vien deur pre moi! je prendrai du seurbice,
Quand mon praube Genti, n'en sera rebenu;
Je ne pux pas mieux faire... ainsi, c'est conbenu;
Quand il sira-t-ici, je biendrai bous le dire,
Je m'en retorne donc car il pourrait m'ecrire,
Et je bus être là; ma femme... ça n'est rien...
Allons, von soir-t-à-tous, portez-bous autres vien.

(Il fein de sortir et revient.)

Boulébi bién pretant, abèque mey sarpettes,
N'én fa qaouques boucins à da queys sales vêtes...
Oh! que j'aurais boulu me fruter abec us....
Von soir... je rebiendrai bous faire mes adiux.

(Il fein encore de sortir et revient très en colère.)

Lur marcherey dessus, lur sarrey la gargane,
Lur moudri déns leys euils, lur crebi la vazane!...
Tenez!.. retenez-moi-z-autrement c'est fenit
Ne couneychi ré may!.. von soir et... vonne nuit!..

JULES GENESTE.

FIN

Bordeaux. — Imprimerie de A.-R. CHAYNES, rue Leberthon, 7.

www.ingramcontent.com/pod-product-compliance
Lightning Source LLC
Chambersburg PA
CBHW061445170626
46811CB00005B/2380